분홍 눈사람

예술가 시선
28

분홍 눈사람

한연순 시집

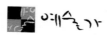

예술가

시인의 말

13년만이다
다시 네 번째 마음 사막을 내놓기까지
너무 오랜 시간 짐을 꾸리며 달빛을 걸었다
아직도 발밑엔 구름
아픈 발가락이 언젠가 달의 집에 닿기를
피멍 든 발톱이 반쯤 어둠을 빠져나가고 있다

2021년 추석 무렵
달빛연구소에서

한연순

목차

시인의 말

1부 분홍 눈사람

불변의 법칙　13
분홍 눈사람　14
공갈빵　15
눈맞춤　16
연수동 먹자골목　18
개망초 꽃다발　19
소주燒酒를 생각하며　20
단추　22
양말의 힘　23
들물의 시간　24
배다리에서　26
서울약국　27
대구탕　28
사바세계娑婆世界　29
덤블링 트리　30
맨하탄의 가을　31
바이칼의 노래　32
바이칼의 노래 2　33
바이칼의 노래 3　35
실직폐업이혼부채자살 휴게실　36

2부 함박마을에 온 러시아

겨울밤　41

느티나무 학교　43

달팽이　44

문학산　45

낙타풀　46

거미줄 수사망　48

함박마을에 온 러시아　49

똥딴지　51

템플 스테이　52

원경의 마음　54

백조기　55

소리의 언저리　57

빈손의 수확　58

봄밤　59

빈집 앞이 환하다　60

아하, 아하아 젓가락　61

용궁나라 수강생들　63

여자만의 봄　65

3부 검은 입속의 흰죽

산비탈 풀숲 아래　69

주송酒松　70

추전역　71

소금꽃, 눈물바다　72

푸른 행성　73

시간의 그늘　74

삼척 앞 바다　75

달개비꽃　77

검은 입 속의 흰죽　79

cosmos, 코스모스　80

외나무다리에서　81

잉카콜라　82

데생dessin　84

전자시계　85

무심천　87

4부 달빛연구소

달빛연구소　91

달맞이꽃　92

저녁 무렵 詩　93

딱새　95

달빛연구소 2　97

23분 동안　98

반딧불이　100

그믐달　101

어림없다　102

냉이꽃　104

운학리 4　105

봄이 오는 소리　106

나무는 나무를 그리워한다　107

개똥수박　108

맞선　109

바랭이　110

물고기의 옷　112

해설 / 고광식　115

1부
분홍 눈사람

불변의 법칙

사

랑

은

변

한

다

분홍 눈사람

오래된 잿빛 뼈마저
온 동네 꽃잎 내리는 날

나무와 나무 사이
전동 휠체어 한 대 멈춰 있다

흩날리는 꽃잎 음계를 밟고
따라갈 수 없는 마음인가

가슴을 문지르는 그리움에게
말을 걸고 있는 걸까

점심이 지나도록
나무와 나무 사이
한 사람이 그대로 앉아 있다

기억의 빈 문간에 꽂혀 있는
시간의 빛깔

공갈빵

백일몽이라도
잠적한 꿈은 늘 발효를 시도하지

누군가 텅 빈 내용을
먹고 있다

헛된 꿈이라도 잡고 싶은 날

봄볕에 모여든 사람들이
희망처럼 부풀어 오른

산산조각을 먹는다

단 꿀물 흐르는
허공의 메아리를

눈맞춤

바다의 굽은 등을 자세히 본다
긴 수염 큰 더듬이 여러 개의 발
금방이라도 찡긋할 것 같은
잘 익은 포도 빛깔의 눈

아버지를 자세히 보았다
형제가 모인 기일 날
우리 이름을 금방 부를 것같이
사진 속에서 웃고 있는

기차를 기다리는 동안
가 버린 날들이
새우깡 포장지와 만나는 시간

제사상 위 아버지를 바라보며
생밤과 대추를 먹듯이

부러진 새우 발이
소멸되지 않는 기억을 집는다

연수동 먹자골목

뒤집힌 바람이 우산살을 세우며
고압선 전깃줄 속의 잠을 흔들고 있다

쌓여 있는 연탄재가
보이지 않는 겨울 해를 채근하는 생선구이집
앞을 바람의 칼날들이 빗살무늬 긋고 간다

어둠의 방에 걸린 거울을 보며
오늘을 사선이라고 말하지 말자

폐업한 연수동 쌈밥집이
노을을 삼킨 먹구름처럼 바라보고 있는
먹자골목 바람 앞에서

구르는 연탄재의 하루가
눈물 꽂히는 바람 속에서
게걸음으로 허리를 펴고 있었다

개망초 꽃다발

개망초 첫 글자 개자 대신
희자로 바꿔 쓰면
희망초가 되는 이름
희망초 꽃다발이 되는 꽃

방방곡곡 가는 길마다
하얗게 피어있다

장독대 옆에도 전봇대 뒤에도
쓰레기 더미 옆에도
하얗게 피어있다

소주燒酒를 생각하며

소주, 하고 이름을 조용히 부르면
어느새 네가 웃고 있다
소주, 하고 이름을 천천히 부르면
어느새 푸른 절규가 와 있다
소주, 하고 이름을 한 번 더 부르면
깨지고 깨진 소주병 조각이 심장에 박혀 있다

핑계대지 마라
안 마시면 되는 일이라고
그리 간단히, 단호하게

소주는 술술 넘어가는 맹물 맛이라는
은유를 외면하는 동안
한 사람이 떠나갔다

세상 끝자락에서 기다리던 따뜻한 말 한 마디를
지금 텅 빈 방이 울고 있다

이름 없는 풀 한포기도 외로움과 다툰다
너는 소주와의 전투에서 대패했다
검은 세상에서 소주보다 맑은 눈을 가졌기에

이제 나는 지독하게 외롭던 소주를 보내야 한다
온 강물이 소주가 되어 함께 울도록 강으로 보내야 한다

집 주인이 소주, 라는 아픈 이름을
락스로 말끔히 지워 달라고 말하는 동안

문 앞에 쓰러져 있던 빈 소주병들이
커억커억 겨울바람을 울고 있었다

단추

단추는 때론 약간 귀찮은 것들

구멍과 일직선상에 있는
덜 거짓말

간당간당한 절망이 벽을 긁는 손톱으로
구멍을 붙들고 있지

늘 긴장해야 해
순서와 차례에서
나도 모르게 떨어져 나갈 수 있어

때론 많이 고단하고 슬픈 것들

양말의 힘

집은 25시를 위한
24시 편의점,
주방에서 컵라면 냄새가 난다
퉁퉁 부은 발이
목욕탕에 모여 있는
늦은 밤, 허리띠를 푼 하루가
널브러져 있다
물먹은 눈꺼풀들이
말없이 조우하는 밤
뒤집힌 냄새가
뚫린 구멍에게
길을 묻고 있다
내일은 희망이냐고

들물의 시간

저 멀리 간 어머니가
서둘러 집으로
돌아올 것 같은 시간이다

바닷가에서 코 박고 놀던
까맣게 손톱 때 낀
짱뚱어 새끼들이
바닷물을 고무줄처럼
밀고 당기며 뛴다

밥을 굶었으나
힘이 넘치는 시간

외롭고 서러운 어린 것들이
노을빛을 입에 물고
시도* 신도** 앞바다를
꽃물결처럼 들썩인다

*, ** 인천 영종과 강화 사이 부속 섬

배다리에서

배다리는 배닿으리
배다리에 배 닿았으리
애환의 물결 배 닿았으리

배다리는 배닿으리
중앙시장 양키시장 동인천역
수문통을 따라 배 닿았으리

배다리는 배닿으리
금곡동 고서점거리 기울어진 낮달에도
흔들리던 물결 배 닿았으리

서울약국

산골마을까지
우리나라 수도 서울이 들어와 있다
벌레에 물려 주천의원에 가면
지난번처럼 주사 두 대와
약 처방이 내려진다
처방전을 들고 내려가는
아래층은 서울약국
노부부 약사는 단골들과 허물없다
오늘은 주천 장날
비타500을 보약처럼
몇 박스씩 사 가는 아주머니
여기저기 몸 아픈 이야기뿐이지만
주고받는 안부가 정답다
주천의원에서 봤던 어르신
주머니에서 동전을 몇 번씩 또 세고 있다
약값은 천원
이번엔 살구나무에서
살구 떨어지는 소리다

대구탕

부산 자갈치 시장
꼼장어 골목, 대왕오징어,
갈치, 가자미, 고등어구이가
발걸음을 불러도 유독 배가 부른
바다 몇 마리만
생각했네

이리*가 꽉 찬
맑은 탕 한 솥 끓이면
시장 골목길마다
눈보라 좌판에 앉아 있는
벌겋게 언 손의 마음이
스멀스멀 녹아내리겠네

* 대구 내장 중 수컷의 정소, 곤이는 대구알

28

사바세계娑婆世界

잘 늙은 호박 한 덩이
현관문 앞에 놓아 두었다
호박죽도
호박떡도
까마득하게 잊은 시간
얼마 지났을까
배꼽이 주저앉고 있었다
무너진 꼭지를 들자
이때다 싶은 굼벵이들이
와글와글
짱뚱어처럼 튀쳐 나온다
조신하게 앉아 있던
호박 속이 요지경이었구나
사바세계이었구나

덤블링 트리

메마른 광야를 구르고 구르면서
살아남은 작은 꽃들이
모하비 사막*에서 웃고 있다

한 송이 꽃 감히
꺾을 수 없는 슬픔의 우주

바람에 긁힌 파르르 떨리는
목마른 시간들이
푸른 하늘을 수줍게 흔들고 있다

* 미 서부에 소재

맨하탄의 가을

검은 유리에 뒤덮인
칼날 같은 고층빌딩 모서리가
달의 얼굴을 긋고 간다

언듯언듯 파아란 하늘에
낮달의 피가 고인다

좁은 도로 보도블록까지 내려온
붉은 혈흔들이
가로수 잎새마다 묻어 있다

저 멀리 120년 된 아파트가
고고학자처럼 문을 열고
가을 층계를 걸어 나온다

바이칼의 노래

새벽 3시에 일어나 밖으로 나갔습니다
별을 더 가까이 보기 위해
호수 쪽으로 내려갔습니다
누군가는 아직도 잠들지 못하고
꺼져 가는 모닥불 앞에서 밤물결을
듣고 있었습니다
찬란한 별들이 바이칼로 쏟아져 내리고
호수에서 다시 떠오르는 별들이
온 우주를 관통하며 흐릅니다
푸른 진주 바이칼은 샤먼의 고향
우리 고향도 샤먼의 고향
나는 별빛이 정다운 바이칼에
오래도록 서 있었습니다
우리의 맥이 이곳에
서려 있기 때문일까요

바이칼의 노래 2
―하느님이 그린 엽서

바이칼 호수는 어두운 내 마음을
말끔히 지우고 푸른 물감으로 채운 다음
하느님이 그린 엽서를 전송하고 있었다

호수가 보이는
팔월의 창문을 여는 순간
보랏빛 쑥부쟁이, 엉겅퀴
민들레 홀씨 이름 모를 들꽃 향기들이
훅하고 내게로 다가와 심장을 스치고 갔다

사흘 동안 시베리아 횡단 열차를 타고 온
지친 마음이 유리처럼 맑아져서
호수 쪽으로 달려갔다

그리고 풀밭에 주저앉아
하느님이 그린 엽서에
시를 쓰기 시작했다

그리고도 참을 수 없는 환희로
크리스털 유리잔 같은
바이칼 속으로 들어갔다

한 번 바이칼에 몸을 담그면
25년이 젊어진다고
누군가 큰 소리로 외쳤다

바이칼의 노래 3
―후지르 마을의 아침

아직 동 트지 않은 호숫가
목동이 모닥불을 피워 놓고
아침을 기다린다

잠에서 깨어난 소들이
바이칼 호수에 내려와
허기진 목을 적신다

한참을 바이칼에 입 맞추던
소들을 데리고 들꽃 흐드러진
언덕 위로 올라간다

소 발자국이 바이칼 물결에 젖는다
한 민족의 시원에 젖는다

실직폐업이혼부채자살 휴게소[*]

올해의 작가상에 빛나는 백현진展
몸 안에 고여 있던 날씨처럼 떠오른 생각들이
형상 없는 형상을 그린다

실직폐업이혼부채자살 휴게소 간판을 비추는
조명이 오히려 편안해지는 것은 왜 일까

베니어판에 걸어 둔 절망 몇 점
그림 속에는 푸른빛이 희미하게 보인다

왜 그는 깨진 소주병 속으로
들어간 푸른 하늘을 남겨 두었을까
실직폐업이혼부채자살 휴게소는
절망을 접는다 희망을 접는다
번갈아 접는다 접이식 의자처럼

작가의 의도에 한 발 근접한 것일까
실직폐업이혼부채자살 휴게소에서

지친 마음을 마음 놓고 쉼에 있어서

낡은 구두 한 켤레 놓여 있는 노숙의 공간
스티로폼 깔개 마지막 안식처럼
하얀 벽지 속에 갇힌 어둠의 관 속에서
고통이 고통과 화해하고 있었다

자살실직폐업가출 휴게소
베니어판 위를 살얼음처럼 딛고 걷는
침묵의 신발들은 여러 번 죽었던 나였고 너였다

* 국립현대미술관에서 전시되었던 백현진 작가의 작품

2부
함박마을에 온 러시아

겨울밤

흐린 날씨의 부리가
얼어붙은 유리창을 쫀다
길고양이들이 자동차 밑에서
진눈깨비를 웅크린다
두절된 안부를 다시 켜고 있는 시간
늙은 냉장고가 이완된 코를 곤다
모가지가 길어진 거실 꽃기린이
가시 하나를 더 세운다
뒤집힌 어항이 빨간 금붕어가 묻힌
분꽃 화분 옆에서 졸고 있다
원룸이 밀집된 다가구 주택
연수동 함박마을이 잠들지 못하는 밤
자면서도 듣는 낯익은 발소리가
깜깜한 어둠 속 계단을 내려가는 동안
수명을 다한 센서 등이
켜짐과 꺼짐을 반복한다
잠깐의 말소리가 사라진 뒤
일용직 노동자를 태운 봉고차가

새벽을 시동 건다
이국의 말이 더 많이 들리는
동네 골목길마다
고향이 섧도록 그리운 이들이
길고 긴 밤의 터널을 빠져나가고 있다
뒤척이던 잠이 다시 설핏 온다

청색 알람시계가
새벽을 돌아눕는다

느티나무 학교

한꺼번에 몰려 온
참새떼들로 느티나무 가지마다
출렁거리는 초록바다 물결이다
저 작은 입들이 한데 모이니
나뭇잎이 햇살에 줄줄이 떠밀려간다

한낮의 무더위를 신명나게 쪼는
참새어학과
참새 수다학개론 시간,
다국적 언어를 한 동안 경청하다가
발밑을 내려다보니
왕개미 한 마리가 빨간 끈이 묶인
운동화에 무임승차해 있다

귀가 없는 공원은
오후 내내 온화하게 푸르러가고
느티나무 학교는
쉬는 시간이 없다

달팽이

비오는날느린천성이풀잎위를기어가고있다

한참더딘걸음이라서제혼자가야한다

한박자앞당겨가는일은꿈도꿀수없지만

앞으로갈수있는걸음이어서마냥좋은듯

풀섶에서쉬지않고가는길수고롭다

문학산

문학산 오르는 길마다
사라진 인천의 첫 왕국
미추홀彌鄒忽이
파아란 하늘 속에서 아득하다
바다를 향한 원대한 꿈
푸른 물결 위에 두고 떠난 비류의 숨결처럼
눈꽃 가지를 밀고 나오는 열매들
문학산성 아래 붉고 붉은 얼굴이다
보아라 저 멀리 바다로 하늘로
힘차게 비상하는 인천을
인천의 어머니, 배꼽산*이
우리를 지켜보고 있다

* 예부터 전해져 오는 문학산의 또 다른 이름

낙타풀

모래사막은 바람의 마음을
모래물결로 쓴다

모래물결은 낙타의 마음을
낙타풀로 쓴다

사라졌다가 다시 솟아오르는
달궈진 모래 언덕을 바라보며
낙타는 무엇을 생각하며
걸어가는 것일까

낙타는 장미보다 더 가시 많은
낙타풀을 먹는다

낙타는 낙타보다 더 강인한
낙타풀을 먹는다

낙타는 낙타풀의 시간을 먹는다
입안에 피를 흘리면서

거미줄 수사망

어떤 정황이 촘촘한 거미줄에 걸려 있다
거미는 법망에서 빠져나갈 수가 없다
그래도 거미는 웃는다 방법이 있다면서

함박 마을에 온 러시아

길을 걷다가 문득 뒤를 돌아보거나
하늘을 올려다보는 일
등 뒤에서 들리는 러시아어
열린 가게 안에서 새어 나오는 웃음소리
문학산 아래 장미공원마다
거리마다 골목길마다
러시아가 들어앉아 있다
우즈베키스탄이거나
카자흐스탄이거나
키르기스스탄이거나
모스크바, 블라디보스톡에서
모여든 러시아
이국의 거리인가
이방인의 또 다른 고향인가
몇 년째 원룸에 사는 알렉산더는
자전거로 남동공단을 오가며 교통비를 아낀다
교사를 그만두고 정착한 알렉세이는
새벽부터 검단공단을 오가며 일한다

처음에는 혼자 왔다가 가족이 오고
아이들이 태어나는
다가구주택 원룸촌
빨랫줄에는 개구쟁이 아이들 옷이
푸른 하늘 바람에 물감을 풀면서 그네를 탄다
삶은 빗물처럼 흐르는 길 위에 있다
공존하며 흐르고 흘러 바다에 다다른다
낯선 풍경이 농익어 가는 함박마을

러시아가 이웃집이다

뚱딴지*

이웃집에서 뚱딴지라는 말이 웃는다 그냥 땅에 심어두기만 하면 된다는 말이 웃는다 한 번 심어 두면 저 혼자 알아서 자란다는 말이 웃는다 뚱딴지 땅 속 세상은 가늠하기 어렵다는 말이 웃는다

집값이 하늘까지 뚫고 갈 요지경의 나라가 운다 한 번 누운 자리가 제 것 되는 뚱딴지 세상이면 얼마나 좋을까하며 운다 집 걱정 대출 걱정 돈 걱정 없는 뚱딴지 세상에 산다면 얼마나 좋을까 하고 운다

작년보다 더 많이 핀 뚱딴지 꽃이 해바라기 꽃을 보며 웃는다 물구나무 선 해를 바라보며 웃는다

* 돼지감자의 다른 이름

템플 스테이

고정희 시인의 생가에 가서
대숲 바람 소리 한 소절 들고 와
오늘은 기암절벽이 병풍처럼 둘러싸인
미황사에서 잔다

공양송을 외우고 밥을 먹은 다음
밥그릇을 물로 씻어 마시는
마음의 고요가 우물처럼 깊다

저녁 공양 후 스님 한 분
댑싸리비로 마당을 쓸고 있다
붓으로 그림을 그리듯 정갈히 쓸고 있다

저녁 예불이 끝나고
발소리 내지 않고 돌던 절집 마당
그림자도 돌아간 후

교교한 달빛이
천년 주춧돌을 모시고 나온다
게와
거북과
물고기들을 데리고
마당으로 걸어 나온다

원경의 마음

김포 대명항에는
월세를 감당하기 어려워
노천에서 채소가게를 하는
노부부가 있다
몇 년 전부터
이리저리 공터를 옮겨 다니며
채소를 팔고 있다
갈 때마다 찾아서 들르니
인천에서 우정 찾아왔다면서
총각 무 만원어치를
봉지에 꾹꾹 눌러 담아 준다
오랜만에 온 부엌을 휘저으며
원경의 마음 한 통
담가 놓고 바라보니
푸른 오월을 통째로
적금 든 것 같이
마음이 붕붕 뜬다

백조기

몇 달을 걸어 두었다
바다 한 두름

먹어 볼까 하면 주문을 외우듯
입은 더 벌어지고
지느러미에서
꽃이 피어난다

얼마나 햇빛과 바람을 먹으면

살이
돌이 되는가

눈물이
바위가 되고 섬이 되는가

한때 마그마처럼

뜨거웠던 바다가

푸른 하늘을 조문하고 있다

소리의 언저리

문틈 빛 한 줄기
혹 스치는 담배 연기
저 웅웅말과 가끔씩 청명 발음 순간처럼 스치는 바람

난방이 차단된 방, 몇 날을 쿨럭이는 기침 소리와
저 혼자 툴툴거리며 내려가는 세탁물 소리가
엇박자를 내다가
어느 지점에서 방과 방 사이를 스쳐 갔을 실직의 시간들

서로를 모르지만 대충 짐작이 가는
방음벽이 약한 다가구 주택
순간, 순간이 위태로운 소리의 언저리

언제 봄의 문이 활짝 열릴까
계단은 늘 깊은 생각에 잠긴다

빈손의 수확

위궤양이 심한 팔십 노인을 아들 내외가 입원시키고 바
쁘게 돌아갔다. 환자복을 입자마자 수액을 들고 온 간호
사가

뼈만 남은 손을 문지르며
오늘은 두 대요
리알*도 놔?
가도록 놔?
리알도 죽도 밥도 안 나온다지?
이렇게 주사만 쪼르르 맞고 있어야 되나 봐
괜찮았는데 요새 며칠 다시 그래
이렇게 될 줄 누구라 알았나

6인 병실 허공을 울리며 백목련 꽃이
하염없이 지고 있었다

* '내일'의 백령도 사투리

봄밤

덜컥 나의 심장에
시동이 걸릴 수만 있다면

골망이 찢기도록 너를 향해
중거리 슛을 날릴 수만 있다면

각자 축구경기를 보는 동안
놀란 별들이 밤하늘에 나와 있다

오발탄이라도 쏘아 올리고 싶은 밤
희미했던 별들이 찬란하다

시간의 기억들이 굴러서
별자리를 찾아가고 있다

빈집 앞이 환하다

은행나무 한 그루 두고
그는 떠나갔다

자물쇠에 쇳물이 흐른다

갈라진 벽 사이로
함께 살던 벌레들
쪽문 앞 한 줌 햇살에
무성히 싹 트는 씨앗들

은행나무 한그루
몇 년째
빈집을 환하게 밝히며
주인의 발소리를 기다리고 있다

아하 아하아, 젓가락

분홍코트를 입은 노모와 아들이 팔짱을
낀 채 인천시립박물관
전시실로 들어오고 있다

오래된 부부처럼
잠들어 있는 동아시아 젓가락 전시실 불빛이
설렌다

어머니 귀에 대고 조곤조곤 말하는 아들을
바라보며 고개를 끄덕이는

아하 아하아, 젓가락

고마운 아들, 감사한 어머니
함께한 날들

아하 아하아, 젓가락

두 나무가 한 나무처럼 걸어가는
복사꽃 보행,
위대한 식사 도구 젓가락전展

용궁나라 수강생들

볼록불룩한 뱃살, 쳐진 가슴들이
뱃살을 밀어 넣으며
꽉 조이는 수영복으로 힘겹게 갈아입는
문학박태환수영장

프로그램 시작 30분
전부터 모여든 사람들이 샤워기 틀어 놓고
고단했던 날들을 하수구로
콸콸콸 흘려보낸다

뿌우연 수증기 속에 있으면
나이를 알 수 없는
르누아르의 '목욕하는 여인들'
에덴동산의 이브가 된다

나잇살을 까마득히 잊고 있는
실버 아쿠아로빅,
기울어진 몸에서 꽃이 핀다, 봄이 온다,
용궁나라 수강생들

여자만의 봄

인사동 거리마다 봄 물결 사람 물결
이럴 때는 좀 한적한 골목길로 들어서면
인사동에는 인사동이 없다*는 시를 읽고 걸어가면
천상병 귀천 찻집, 여자만 간판이 보인다

여수 앞 바다를 통째로 옮겨온 이름,
여자만인데 문을 열고 들어서니 해풍 내음 솔솔 풍기는
매생이국을 앞에 두고 중년 남자들이
개나리꽃 활짝 발음 터지는 입모양으로 대낮을 볶고 있다

인사동 골목길에 들어앉은 여자만 노을빛이
남자들의 귀에 걸린 채 붉게 물들고 있다

* 이생진 『인사동』에서 부분 인용

3부

검은 입 속의 흰죽

산비탈 풀숲 아래

양버즘나무 가로수 길을 따라
연수동에서 선학역 쪽으로 가는 길

팔월의 풀숲에 누군가 몰래 버린
변기가 처박혀 있다

모든 게 다 썩어도
뻔뻔한 얼굴은 썩지 않는다*는

지린내가 흰 이를 드러내며
낄낄거리고 있었다

* 최승호의 「방부제가 썩는 나라」 전문 차용

주송酒松

해마다
삼월 삼짇날이 되면
말술을 거하게 부어 드린다는데
그것도 막걸리 열두 말씩이나

주량을 잊지 않고
말술 올리는 중생의 기도를
듣고 계신 걸까

청도 호거산 운문사雲門寺 처진 소나무
늘 푸르고 푸른 눈썹
오백 년 된 소나무가
관음보살님이셨네

추전역

800고지 바람 속에
뿌리 내렸구나!

매봉산이 흔들리도록
추전역이 바람개비를 돌리고 있다
한겨울을 내린 사람들은 종종걸음으로
김이 모락모락 나는 수수부꾸미와 김치 전병을 먹으며
싸락눈 웃음으로 흩어지고 몇몇은
제 몸 가누기 어려운 바람 앞에서 말없이
깊은 골짜기를 내려다보며 생각에 잠겨 있다
'하늘 아래 꽃밭이 세 평' 이라는 문패를 지나
기차는 다시 유리창에 성에꽃을 그리며
어디론가 우리의 남은 시간을 나른다
'o train' 기차처럼 돌고 돌아서
종점에서 서러운 눈물 접으며 첫차를 타던 곳으로
쓸쓸히 돌아가는 길 위의 길
철길 옆 얼음꽃 핀 강가에
돌섬돌섬 하얀 눈꽃 내려 앉는다

소금꽃, 눈물바다
—어느 자영업자의 죽음

영화 체리향기Taste of cherry*에서 주인공 바디는 삶의 의
욕을 잃고 자신이 파놓은 구덩이에 들어가 누워있으면 흙
을 덮어줄 사람을 찾아다니는 죽고 싶어 안달이 난 사람
이었지. 길에서 만난 노인은 체리향기 때문에 자신이 자
살을 멈춘 이야기를 들려 주었지. "세상사람 모두 고민 있
어요. 생각을 바꾸면 세상이 다르게 보여요. 생각을 바꿔
봐요"라고 간절히 말했지. 아무리 생각을 바꾸고 바꿔도
빚더미에 싸여 끝이 보이지 않는 참담한 코로나 늪 속에서
자영업자들이 죽어 가고 있다. 눈물바다 소금꽃들이 죽어
가고 있다, 제발 제발 죽지는 마라

망가진 눈물바다 절망 속에서도 태양은 빛나고 있다
오늘밤도 꿈꾸는 길이 있어 작은 창가에 전등불 하나 둘
켜지고 있다

* 1997년 이란 영화

72

푸른 행성

여기는 어느 별이니
나는 누구니
살결이 흰 자작나무숲이 검게 그을린
밀짚모자를 빤히 바라보고 있어
여기는 어느 별이니
산소가 넘치는 햇살 속에서
나는 다시 푸른 여자가 되는 거니
멀리 산 능선 아래
금강소나무 숲이 어서 오라고 손짓하네
여기는 어느 별이니
하루 종일 길을 잃어도 좋을
깊고 푸른 눈

치악산 골짜기

시간의 그늘

풍경이 퍼즐 조각이다
기중기에 실려 간 유년의 추억이
공중으로 분해해 버린 교정
줄지어 보리밭을 밟으며
꿈꾸던 하늘이 없구나
횟배를 앓고 나서도
자운영 흐드러진 논배미에 앉아서
꽃뱀이 나오기를 기다리던
그 아름다운 비애를 누가 퍼다 버렸는가
가난의 그늘이 짙을수록 서러웠으나
행복했던 시간 속에는
단발머리 소녀가 울고 있다
산산이 부서진 풍경 속
내가 울던 사금파리 흙더미 노래는
나를 시인으로 키웠느니
사라진 시간의 절벽에
꽃비가 환하게 걸려 있다

삼척 앞 바다

파도야! 파도야!
아프지 않구나

파도야! 파도야!
담담하구나

철썩 같이
서로 믿고 살아서

철썩 같이
서로 믿고 살아서

파도야! 파도야!
슬프지 않구나

파도야! 파도야!
담담하구나

철썩 같이
서로 믿고 살아서

처얼썩 같이
서로 믿고 살아서

달개비꽃*

'징글징글한 꽃이구나'

G시인이 직접 도자기를 빚고
그 위에 예쁜 달개비꽃 그려 넣은
밥그릇 국그릇 세트를 며느리 편에 보냈다는데
안사돈이 칠순선물 보자기를 풀어 보자마자
단번에 했다는 말

얼마나 밭농사 힘들었으면
그 말이 제일 먼저 튀어나왔을까

새 날개 마악 접으려는 듯이
하늘하늘 피어나는 진파랑색 꽃잎이
눈에 선해도 한 해 농사만 할까

몇 달을 가물어도
땡볕 한가운데 밭두렁 졸졸 따라오니
징하다는 소리가 절로 나오는 거라

* 통상적으로 '닭의장풀'이라고 함.

검은 입 속의 흰죽

아 타 버린 이승이었구나
입 안이 숯이다

뼈만 남은 어머니는 몸에 열이 난다며
굴곡진 삶을 벗어던지듯
자꾸만 옷을 벗어 버렸다

에덴동산으로 돌아가고 싶은 거다
훨훨 새가 되고 싶은 거다
검은 입 속의 흰죽,

죽을 떠 넣어 주는 오래된 사위에게
마지막 기운을 내어 말을 남겼다
이런 모습 미안하네
검은 입 속의 흰죽,

cosmos, 코스모스

동이 트기 전 어둠의 바다는
부드러운 머리칼이었다
갯고랑을 빠져나온 소라는
썰물을 뒤쫓아 갈 수 없어
바닷가로 숨는다
한 곳으로 모아지지 않는 향방이
떠오를 햇살을 재촉하며
촉각으로 가고 있다
집을 나와 가고 있다는 사실
누구나 가고 있다
무엇을 염려하는가
소라는 가고 있다
나는 가고 있다
모두 가고 있다
멈출 수 없는 생의 속도
가고 있다 가고 있다
cosmos, 코스모스

외나무다리에서

기린과 사자가
만났을 때
가던 길을 멈추고
두려움을 외나무다리에 단단히 의지한 채

먼저 서로의
눈을 찬찬히 바라봐야 한다

누가 더 아픈 지
슬픈 지
위태로운 지

그래야
둘 다 산다

잉카콜라
—남미기행 5

잉카 문명이 찬란한 꾸스꼬*,
대성당이 보이는 아르마스광장에서
잉카콜라를 마신다

사라진 공중도시
마추픽추를 오르기 위해
아구아스 깔리엔테스 기차역에 내려
우루밤바 강가에서
잉카콜라를 마신다

잉카여인의 수줍음 닮은
노란 빛깔의 단맛이 톡 쏘는
잉카콜라

유리잔 속에서 피어오르는
피다 만 유채꽃 눈망울
잉카의 슬픈 눈물을 마신다

* 페루, 잉카제국의 수도였던 안데스 산맥에 있는 고산 도시

데생 dessin

선 하나 똑바로 긋는 일이 얼마나 어려운가
물결처럼 흔들리는 선

수백 번의 연필이 지나간 뒤라야
그림자 하나
둥근 공에 기대어 쉴 수 있다

지우개로 지워 본 사람은 안다
가고 싶은 길 하나 내기 위해
수 없이 비껴간 길을

수만 번의 사유가 지나간 뒤라야
흰 도화지 속에
마음의 집 한 채 지을 수 있다는 것을

전자시계

가야할 때가 되면
너는 간다
알아서 간다

그런 너를 누가 감히
꺼져 버려라고
말할 수 있는가

지금 너의 빛나는
숨소리를 붙들고 있는 것은
앞산 뻐꾸기 울음

미련 없이 가고 있는가
싱그러운 오월의 목숨은

무엇을 한 번 더
눈에 담고 싶은 마음이
간절하다는 것을 알기에

너의 생각은 고양이털 미동처럼
조용한 푸르름

눈을 감고 있어도
양파 속 같은 신경들은
오래도록
하얗게 울고 있을 것이다

무심천

무심천에 벚꽃 보러 갔더니
왕벚나무 한 그루만 황홀히 피었더라
조금만 더 기다리면
가로수길 팡팡팡 웃음 터질 거라고
꽃젖 불은 유두들이
여기까지 왔으니
무심천 돌다리나 걸어 보고 가란다
누군가 전지해 놓은
꽃가지 몇 개 들고
봄 하늘을 따라가니
지상에 첫발 디딘 임박한 죽음들이
너무 일찍 와서
일찍 간다고
전할 사람 있으면 안부나
전해달고 하더라

4부

달빛연구소

달빛연구소

보름달 속에서
고라니 울음이 태아처럼 빠져나가고 있다

달맞이꽃

동산에 달이 뜨면
갈대숲에 앉아있던 고라니들이
박각시를 기다리는
달맞이꽃에게로 모여든다

달 속에 피는 달맞이꽃을
서서 먹기도 하고 앉아서
한참을 바라보기도 하다가
까만 배설물
오늘을 남기고 간다

저녁 무렵 詩

꽃이 꽃을
등 기대고 있는 동안
바람은 서로의 체온을
다투지 않는다
구름은 사라진 형상을
아쉬워하지 않고
먼지와 먼지는
허공을 간섭하지 않는다

전깃줄이 석양빛을
예리하게 긋고 가는 동안
박새들이 한 번씩 자작나무 흰 입술
입 맞추다가 간다

밥이 뜸 들고
국이 끓고 있다
부엌문을 빠져나간 식음識陰이
산뽕나무 위에 앉아 안을 바라보고 있다
언젠가 바람으로 돌아간다
이 낯익은 풍경,
천연스럽게 제 살 태우는
장작불의 장단,

딱새

새들의 작은 울음소리
궁금해 살며시 삿갓을 들추니

삿갓에 세 들었어요

시간이 멈춘 사각 시계 위에
낚싯대를 올려 두고 그 위에 삿갓을
살짝 걸쳐 두었는데요

둥지 틀 안성맞춤을 창고에서
딱 찾아 낸 딱새

새 소리에 고개를 돌리니
어미 새가 자작나무에 앉아
둥지를 응시하고 있네요

쉴 새 없이 먹이를 물어 오는 어미 새
둥지에서 눈을 떼지 않는 어미 새
새들이 자라서 날아갈 때까지

딱새, 삿갓에 세 들다
문패라도 붙여야겠어요

달빛연구소 2

달빛이 뱀 구멍에 길게 입 맞추고 있다
앵도나무는 앵두꽃에게 자꾸 붉은 말을 하고
명자나무는 명자꽃에게 그만 잠들라하고
애기똥풀은 아무데서나 애기똥꽃 피우고
달빛 뿌리 내린 뒷산 이름 모를 새
한 번씩 흑흑흑 흑 운다

달빛이 허물어진 돌담과 몸을 섞다가
구름 속으로 사라진다
조팝꽃이 새가 되어 눈꽃으로 흩날린다
제비가 못 된 제비꽃이 보랏빛을 색칠한다
북두칠성 네 번 째 별 가물가물 눕는다

23분 동안

새벽 1시 37분
개가 하현달을 향해 짖는다

그 집 앞에는
강으로 돌아가지 못한
키 큰 지느러미엉겅퀴 꽃이
용궁 수문장처럼 열 맞춰 서 있다

개가 다시 하현달을 짖는다
깨어난 어둠들이 덩달아 달을 향해 짖는다

가이드는 운이 좋으면 분홍고래를 볼 수 있다고 했었지
바다로 돌아가지 못한 운이 나쁜 분홍고래를 두고

달빛 사이로 아마존 강이 흐르고
바다로 돌아가지 못한 분홍고래 울음이
물을 내뿜는다

한쪽 눈만 뜨고 있는 달을 향해
보였다가 사라지는 순간의 꿈
순간의 문장을 개가 짖는 밤

잃어버린 시간이 목줄에 묶인 어둠을
저렁저렁 짖는다

반딧불이

한여름 밤 개똥벌레가
앞마당을 날고 있다

집안의 불을 모두 끄고
마당에 나와 숨죽이고 있다

현이와 윤슬이가 고양이 걸음으로
어둠을 밟는다
윤별이도 엄마 손잡고 어둠을 밟는다

느티나무 쪽으로
개울가 쪽으로 뒷마당 쪽으로 날아가는
형광빛 우주선을 따라 밤하늘을 돈다

깜빡 깜빡 반딧불이 불빛에 탑승한
아이들이 신세계를 날고 있다

그믐달

빛나던 꿈속의 꿈, 밥 속의 밥
배설 속의 배설이
점점 더 가늘어진다

텅 빈 겨울 하늘은
달력을 필요로 하지 않아

절망 주변을 맴돌며 시간을
파먹던 활시위다

망각한 꿈을 변명해 보라

어림없다

어느 날 토끼가 제 집이라고 찾아왔다
나 잡아봐라 봐라 보라고 하면서
순식간에 파 놓은 두 개의 토끼 굴
토끼는 내가 느리다는 걸 알고 있어
게임이 안 된다는 걸 알고 있어
내가 옆에서 바라봐도 천연덕스러워

토끼가 날마다 꽃밭과 앞마당을 뛰어다닌다
분꽃 제비꽃, 코스모스 이파리까지
구분 없이 게걸스럽게 먹어 치운다

달마다 배가 부른 토끼 어미들
볼수록 불어나는 토끼네 식솔
몇 달을 토끼는 토끼가 토끼를 생각하다가
어느 날 검은 빛깔 토끼를 뒤쫓아 갔다

도망가던 토끼가 귀를 꼿꼿이 세우고
앞발을 든 채 빤히 바라본다

날 잡는 일은 어림없는 일이야

냉이꽃

겨울 내내 인내로 득도한
뿌리의 깊은 철학은
달다

바람이
걸고 있는

수 억 개의
다이아몬드 목걸이

운학리雲鶴里* 4

이른 아침 강 건너 푸른 산에
흰구름 한 획을 긋고 간다

산허리를 둘러치고 있던 물안개들이
예리한 필치에 놀라
뒷걸음치며 출렁거린다

하얗게 순간만 남은
수묵화 한 폭, 꿈결 같은데

구름 속을 빠져 나온 붓 한 자루
학 날갯짓으로
다시 사라져 간다

* 영월 무릉도원면 소재

봄이 오는 소리

힘찬 비트beat 리듬
뛰는 심장 박동 소리가
쿵쿵쿵 봄의 문을 두드리고 있다

살짝 눈을 뜬 아기가
입술 오물거리며
풍선처럼 부푼 엄마 배를
툭툭 장난치듯 발차기 하며
밖으로 나가는 출구를 찾고 있다

우주 작은 소리에도
귀 기울이고 있는 심오한 꼼지락

아가야, 아직 3주 남았단다

초음파 사진 속
아기가 하품을 하는
2월, 봄의 문이 들썩거리고 있다

106

나무는 나무를 그리워한다

달빛 사이로
밤안개에 흔들리던 무성한 나무들의 발돋움이 산중의
몸속으로 고요히 뿌리 내릴 때

비로소 나무가 숲에 든다
숲이 나무에 든다

개똥수박

누군가 먹고 뱉어 놓은
수박씨 하나가
꽃대문 활짝 열어둔 채
이슬 젖어 가고 있다

세상을 품는다는 것은
해를 따라 가는 일
달과 별을 바라보는 일

가도 가도 끝없는 돌밭길을
자갈밭 행성,
지피에스도 없이 밤낮으로 가고 있다

맞선

돌배가 돌돌돌 익어가는 칠월

강 건너 소나무에 앉아 있는 학
한 마리 나를 바라보고 있다

나도 새 소리 잠잠한
산뽕나무 아래 앉아 학을
살짝 올려다보고 있다

강여울 소리가 우리 둘 사이를
서울서울 서서울
건너다닌다

바랭이*

바랭이는
풀의 조상 신神
며칠을 곰곰이 생각해 보아도
풀의 조상 신
한 달을 곰곰이 생각해 보아도
풀의 조상 신
해마다 부푼 내 꿈을
간단히 몰수하기 때문이다
뻐꾸기 소리에 즐겁던 내 마음을
단숨에 슬프게 하기 때문이다

바랭이는 거미손을 가졌다
강력한 후각을 지녔다
흙냄새를 맡으면
수염뿌리를 척척 내리고
고추밭, 콩팥, 옥수수 밭을
종횡무진 진군한다
장마철 나부끼는

마법의 초록 군대를 보셨는가
눌러 놓은 돌을 들추고
일제히 일어서서 풀 덮개를 들고
달려오는 풀의 제왕을 보셨는가
올해도 풀 농사를 지었다
채마밭 가득 풀 농사를 지었다

* 우리나라에 널리 흔히 자라는 잡초

물고기의 옷

해가 다녀가면
햇빛이 되고

달이 다녀가면
달빛이 되고

별이 다녀가면
별빛이 되고

노을이 다녀가면
노을빛 되지

그래서 강물은
언제나 눈부셔

해설

현상을 지각하는 시간

고광식(시인·문학평론가)

시인이 현상 앞에서 멜랑꼴리한 표정을 짓는 것은
사물 속에 있는 아포리아 때문이다.
그러므로 현상을 지각하는 시간은 늘 격렬한 통증을 느낀다.

1. 말을 걸을 수 없는 것들 아래

주체 앞에 펼쳐진 현상은 볼 수 있고 느낄 수 있다. 하지만,
주체는 자연이 만들어 놓은 현상에게 말을 걸 수가 없다. 현
상은 본질을 알아볼 수 없게 숨기고 있기 때문이다. 따라서
현상을 마주한 우리는 본질을 알 수 없기에 입을 열지 못한

다. 우리는 붉은 꽃들이 만들어 놓은 겉모습을 감각적으로 인식하고, 아름다움에 취한다. 들녘을 붉게 물들이는 꽃은 바깥 모양새이고, 뿌리로부터 올라오는 꽃의 생의지는 속의 본질이다. 그렇게 우리는 현상에 하염없이 취해 있다가 아주 조금씩 본질을 지각하기 시작한다.

한연순 시인은 말을 걸을 수 없는 것들 아래서 오랫동안 서성인다. 현상과 시인은 술래잡기하는 것 같다. 시인은 술래가 되어 현상에 숨어 있는 '사물과 사실'이라는 본질을 찾기 위해 촉수를 곤두세운다. 시인의 시적 화자는 "보름달 속에서/고라니 울음이 태아처럼 빠져나가고 있다"(「달빛 연구소」)라고 지각한 것을 말하거나, "간당간당한 절망이 벽을 긁는 손톱으로/구멍을 붙들고"(「단추」) 있는 것을 포착하는 자이다. 말을 걸을 수 없는 것들을 오래도록 바라보다가 입을 여는 시인의 시어에 에피파니의 순간이 펄럭인다.

오래된 잿빛 뼈마저
온 동네 꽃잎 내리는 날

나무와 나무 사이
전동 휠체어 한 대 멈춰 있다

흩날리는 꽃잎 음계를 밟고
따라갈 수 없는 마음인가

가슴을 문지르는 그리움에게
말을 걸고 있는 걸까

점심이 지나도록
나무와 나무 사이
한 사람이 그대로 앉아 있다

기억의 빈 문간에 꽂혀 있는
시간의 빛깔

　　　　　　　　　　　　—「분홍눈사람」 전문

　떨어지는 분홍빛 꽃은 시각으로 확인할 수 있고, 피부의 촉
각으로 느낄 수 있다. 그곳이 우리가 사는 동네이거나 맑은
물이 흘러가는 강이거나 온갖 야생 동물들의 터전인 산이거
나 꽃은 감각적으로 관찰되어 모습을 선명히 드러낸다. 화자
가 바라보는 "오래된 잿빛 뼈마저/온 동네 꽃잎 내리는 날"은
지각 이전에 드러난 현상이다. 감각이 자연 현상에 빠져들 때
화자는 "전동 휠체어 한 대 멈춰" 있는 인위적인 순간을 발견
한다. 꽃잎 내리는 자연 현상 속에 휠체어가 섞이자 새로운

존재론적 의문이 생긴다. 화자의 감정은 꽃향기가 스며드는 것처럼 자연스럽게 전동 휠체어에 앉아 있는 사람에게 투사된다. 삶의 과정에서 생긴 주름으로 애틋한 감정이 꽃잎 되어 흩날린다. 따라서 시적 화자의 "가슴을 문지르는 그리움에게/말을 걸고 있는 걸까"라는 생각은 따뜻한 온도를 갖는다. 한 생이 저무는 휠체어의 시간은 카오스의 세계가 아니라 질서 잡힌 코스모스의 세계 속으로 녹아든다. 꽃이 내리는 날에 화자가 발견한 휠체어 탄 사람은 하나의 현상이다. 그러나 화자가 현상에 말을 걸자 휠체어에 앉은 사람이 분홍눈사람으로 변해 삶을 성찰하기 시작한다.

해마다
삼월 삼짇날이 되면
말술을 거하게 부어 드린다는데
그것도 막걸리 열두 말씩이나

주량을 잊지 않고
말술 올리는 중생의 기도를
듣고 계신 걸까

청도 호거산 운문사雲門寺 처진 소나무
늘 푸르고 푸른 눈썹

오백 년 된 소나무가

관음보살님이셨네

—「주송酒松」전문

현대인들은 과학적 눈으로 세계를 본다. 우리가 원시인들이
보았던 신화적이고 형이상학적인 요소를 모두 거부하는 것
은 과학으로서 현상의 본질에 가닿을 수 있기 때문이다. 하
지만 과학 문명의 시대에도 우리의 유전자에는 원시인의 의
례와 주술이 잠재의식으로 자리 잡고 있다. 현재와 미래에 대
한 불확실성이 원시적 유전자를 끊임없이 자극한다. 그러기
에 우리는 "삼월 삼짇날이 되면" 경건한 마음으로 주송에 "
말술을 거하게 부어" 드리는 행위를 한다. 이것은 의례를 통
해 주술적 효과를 얻겠다는 계산이다. 원시인들에게 소나무
는 식물신이었다. 식물이 나서 자라고 후손을 번성하는 것은
신의 의지 때문이라 생각했다. 과학적 지식이 없었던 그들에
게 "늘 푸르고 푸른 눈썹"을 소유한 소나무는 신이었다. 이
제 현대인인 우리는 자연현상을 과학적 지식으로 보고 깨닫
는다. 하지만, 원시인들의 신화적 사유에는 현대인이 놓치고
있는 유기론적 세계관이 있다. 그 소중한 유전자가 소나무를
관음보살님으로 보는 계기를 마련한다. 주체성을 가지고 자
유로운 생명운동을 하는 소나무에 열두 말의 막걸리를 권하
는 이유가 여기에 있다. 이러한 의례를 통한 주술은 신을 인

간에게 유리하게 조종할 수 있다는 오래된 믿음 때문이다.

현상은 원래 속마음을 드러내지 않아 말을 걸 수 없는 존재이다. 현상 속 사물들의 모습은 시니피앙만 드러내지 속마음인 시니피에는 좀처럼 드러내지 않는다. 한연순 시인이 시적 화자를 통해 현상의 시니피에를 찾는 모습이 치열하여 비장미를 느끼게 한다.

2. 발효를 수렴하는 상실의 시간

인간은 누구나 꿈꾸는 삶을 산다. 자신이 세운 목표를 위해 열정을 불태울 때 우리는 스스로를 확립할 수 있다. 삶은 이렇듯 목표를 중심으로 열정이라는 뜨거운 에너지로 가열된다. 열정은 건조한 삶에 유의미한 꿈을 만드는 과정이다. 삶의 한 시점에서 생성된 꿈은 열정의 끊임없는 작용으로 발효한다. 우리의 삶은 발효 과정에서 새로운 에너지를 얻는다. 건조한 정신은 발효라는 화학적 변화를 일으켜 찬란하게 빛을 발한다. 하지만, 꿈을 이루는 관점에서 보면 필연적으로 상실의 시간을 동반한다. 공기 중으로 사라지는 기포처럼 어느 순간 꿈이 사라지기 때문이다. 미생물에 의해 발효와 부패가 동일한 과정을 밟듯이 꿈에 관한 한 성공과 실패 또한 동일한 과정을 밟는다. 우리는 에너지에 의한 열정의 작용으로 유의미하거나 무의미한 꿈을 꾼다.

우리의 삶은 태어나는 순간부터 정신적 에너지로 꿈을 만든다. 그 꿈을 찾아가는 것이 합목적성 삶이다.

　백일몽이라도
　잠적한 꿈은 늘 발효를 시도하지

　누군가 텅 빈 내용을
　먹고 있다

　헛된 꿈이라도 잡고 싶은 날

　봄볕에 모여든 사람들이
　희망처럼 부풀어 오른

　산산조각을 먹는다

　단 꿀물 흐르는
　허공의 메아리를

—「공갈빵」 전문

몇 달을 걸어 두었다
바다 한 두름

먹어 볼까 하면 주문을 외우듯
입은 더 벌어지고
지느러미에서
꽃이 피어난다

얼마나 햇빛과 바람을 먹으면

살이
돌이 되는가

눈물이
바위가 되고 섬이 되는가

한때 마그마처럼
뜨거웠던 바다가
푸른 하늘을 조문하고 있다

　　　　　　　　　　—「백조기」 전문

「공갈빵」에 드러난 순간들은 늘 발효를 시도한다. 시적 화자의 "백일몽이라도/잠적한 꿈은 늘 발효를 시도하지"처럼 하염없이 계속된다. 꿈에 자신의 삶을 비춤으로써 존재감이 드러나기 때문이다. 꿈꾸는 자는 삶의 의미를 발견하는 자이다. 그것이 설령 백일몽이어서 상실의 늪으로 빠질지라도 어쩔 수 없다. 꿈이 없는 것은 패자와 다름없다. 그러니 우리가 꿈꾼다는 것은 '나'를 찾는 숭고한 과정이다. 삶의 에너지로 만들어 내는 발효는 우리가 추구하는 찬란한 꿈이다. 어느 날 생성된 꿈은 삶의 고통을 잊게 만든다. 온몸으로 느끼는 통증을 딛고 꿈을 찾아 자신을 채찍질한다. 파편화되어 고립되기를 거부하는 우리는 "헛된 꿈이라도 잡고 싶은 날"을 맞아 늘 반복하는 "희망처럼 부풀어 오른" 꿈을 먹는다. 그러나 그 꿈의 발원지는 너무 약해 산산조각이 나기를 거듭한다. 의미를 상실한 꿈은 "허공의 메아리"로 사라진다. 인간은 꿈이라는 감정선 위에서 줄타기하는 광대이다.

결국 「백조기」도 자신이 주체가 되어 꿈꾸던 자이다. 그러나 그 꿈은 도달할 수 없는 영역이었으므로 백조기는 바다 밖에서 살을 말리고 있다. 꿈으로 무르익어 발효하지 못한 존재인 백조기가 바다를 상실한 시간을 보낸다. 꿈에 대한 열정으로 바다를 탐색하던 날들이 지느러미에 묻어 바람을 맞는다. 시적 화자의 "몇 달을 걸어 두었다/바다 한 두름"이라는 진술에 아직 탐색 되지 않은 백조기의 꿈이 있다. 화자의 꿈에 대한 탐색이 백조기와 동일시되는 지점에 존재자의 허무가 나부낀다. 그러기에 백조기의 입은 "더 벌어지고" 화자는 "지느러미에서/꽃이 피어"나는 것을 넋 놓고 본다. 백조기의 한은 "얼마나 햇빛과 바람을 먹으면"에서 시작된다. 백조기가 자신의 꿈을 이루기 위해 탐색하고자 한 곳은 바다의 수초와 파도이지 육지의 햇빛과 바람이 아니다. 화자는 "살이/돌이" 될 수밖에 없는 백조기의 한을 탐색한다. 그러자 자신의 존재가 백조기에 투영돼 "눈물이/바위가 되고 섬이" 되는 순간을 맞는다. 이러한 동일시의 의식은 한때 뜨거웠던 꿈이 있었기에 가능하다.

분홍코트를 입은 노모와 아들이 팔짱을
낀 채 인천시립박물관
전시실로 들어오고 있다

오래된 부부처럼
잠들어 있는 동아시아 젓가락 전시실 불빛이
설렌다

어머니 귀에 대고 조곤조곤 말하는 아들을
바라보며 고개를 끄덕이는

아하 아하아, 젓가락

고마운 아들, 감사한 어머니
함께 한 날들

아하 아하아, 젓가락

두 나무가 한 나무처럼 걸어가는
복사꽃 보행,
위대한 식사 도구 젓가락전展

—「아하 아하아, 젓가락」 전문

박물관은 사색하는 장소이다. 그곳은 우리의 의식이 만들어
낸 물질의 형태로 자리한다. 역사적 사유의 결과물 앞에서 우
리는 고고학적 가치를 느낀다. 박물관은 과거의 세계를 드러
내 현재의 '나'를 발효시킨다. 시적 화자는 삶이 충분히 발효
된 '노모'에게 촉수를 댄다. 화자는 삶을 발효시킨 만큼 세월
을 상실한 노모와 현재 삶의 발효가 왕성하여 세월 앞에 당
당한 '아들'을 포커스로 잡는다. 인천시립박물관으로 들어서
는 팔짱을 낀 모자의 모습이 보존 가치가 충분한 효의 표본
으로 드러난다. 화자의 시야에 잡힌 "잠들어 있는 동아시아

젓가락 전시실 불빛이/설렌다". 삶의 여정 속에서 젓가락은 중요한 위치를 차지한다. 그것은 우리를 살아가게 하는 식사와 관계가 있기 때문이다. 밥상 앞에서 부산히 움직이는 젓가락은 우리가 원하는 음식을 집을 수 있는 도구이다. 숟가락처럼 욕심내어 음식을 담아내지 않는 젓가락은 삶의 절제를 가르쳐 주기도 한다. 이러한 젓가락을 모자는 바라본다. 그러다가 아들이 "어머니 귀에 대고 조곤조곤" 말하자 노모가 고개를 끄덕이며 "아하 아하아, 젓가락"이라고 감탄한다. 이 순간 한 쌍의 젓가락은 "두 나무가 한 나무처럼 걸어가는" 모자지간이 된다.

삶을 발효시키는 시간은 전체와 부분 모두를 수렴한다. 발효는 시간을 연료로 이곳과 저곳을 연결하는 매개자가 된다. 흐르는 세월 속으로 상실의 시간이 지나간다. 우리가 꾸었던 꿈과 상실의 과정에서 만들어진 주름이 생의 행로를 만든다. 시인의 발효를 수렴하는 상실의 시간이 아름답다.

3. 검은 세상의 기억

한연순 시인은 시적 화자를 통해 검은 세상의 기억을 떠올린다. 우리는 이 세상을 원해서 태어나지 않았다. 또한 우리가

126

원한 국가도 부모도 아니다. 만약 선택할 수만 있었다면 우리는 가장 좋은 국가와 부모를 선택했을 것이다. 루소가 밝힌 것처럼 문명이 불평등을 조성했다. 우리에게 선택권이 없었기 때문에 태어나는 순간 자연적 불평등을 경험하게 된다. 그리고 살아가면서 자연적인 삶을 왜곡한 사회적 불평등을 경험한다. 이런 측면에서 보면 루소의 "자연으로 돌아가자"는 주장은 설득력이 강하다. 문명은 자연 상태를 왜곡하여 사회를 일그러진 모습으로 만들었다. 우리는 먼저 살다간 사람들이 만들어 놓은 제도와 룰 속에서 경쟁한다. 누군가는 상류층의 자식으로 태어나고 누군가는 노숙자의 자식으로 태어난다. 또 누군가는 천재로 태어나고 누군가는 지적 장애를 갖고 태어난다. 그리고 공정성과 평등을 명분으로 내건 겨루기가 시작된다. 체급 없는 불공정한 겨루기이다.

타자와 만나면서 받는 상처와 자본주의화 된 사회의 압박은 우리의 삶에 주름을 만든다. 타자가 만든 주름과 사회가 만든 주름은 내부에서 멜랑꼴리한 감정 상태로 응어리진다.

핑계 대지 마라
안 마시면 되는 일이라고
그리 간단히, 단호하게

소주는 술술 넘어가는 맹물 맛이라는

은유를 외면하는 동안

한 사람이 떠나갔다

세상 끝자락에서 기다리던 따뜻한 말 한마디를

지금 텅 빈 방이 울고 있다

이름 없는 풀 한포기도 외로움과 다툰다

너는 소주와의 전투에서 대패했다

검은 세상에서 소주보다 맑은 눈을 가졌기에

—「소주燒酒를 생각하며」 부분

위 시에서 시적 화자는 제도의 시험에서 넘어진 '너'에 대
한 검은 기억으로 괴롭다. "핑계 대지 마라"고 단호하게 목
소리를 높이는 화자는 "안 마시면 되는 일이라고" 타이르
듯이 말한다. 소주와 웃고 울던 네가 이 세상에 없다. 타자
가 만든 상처와 주름이 너무 깊었던 탓이다. 세상이 자꾸
한쪽으로 기울 때 너는 소주를 마셨다. 소주는 보잘것없는
존재를 위안해 주었다. 따뜻한 성정을 가진 악마처럼 가슴
속에 웅크려 있는 멜랑꼴리한 감정을 녹여 냈다. 파편화되
어 철저히 괴로웠던 너에게 소주는 따뜻한 위안이었다. 소
주를 마시는 시간은 기울지 않은 운동장에 서게 하는 환각

의 힘으로 작용했다. 하지만, 투명한 액체는 오히려 상처에 손상을 가했다. 잠시 펴졌던 주름은 더욱더 큰 주름을 만들었다. "술술 넘어가는 맹물 맛이라는" 소주는 너를 벼랑 끝으로 내몰았다. 이제 너는 이 세상에 존재하지 않는다. 네가 선택하지 않은 제도와 사회가 잘못된 방향을 가리킨 것이다. 철저하게 고립되었던 너를 알기에 시적 화자는 "지금 텅 빈 방이 울고 있다"는 것을 느낄 수 있다. 네가 있던 방에 너는 없다. 그곳에서 너는 "따뜻한 말 한마디를" 신의 말처럼 원했을 것이다. 안타까움에 화자는 "너는 소주와의 전투에서 대패했다"고 말한다. 그러나 너는 소주와의 전투를 한 것이 아니다. 네 맑고 순수한 영혼이 이곳 사회 구조와 맞지 않았을 뿐이다.

문틈 빛 한 줄기
훅 스치는 담배 연기
저 웅웅말과 가끔씩 청명 발음 순간처럼 스치는 바람

난방이 차단된 방, 몇 날을 쿨럭이는 기침 소리와
저 혼자 툴툴거리며 내려가는 세탁물 소리가
엇박자를 내다가
어느 지점에서 방과 방 사이를 스쳐 갔을 실직의 시간들

서로를 모르지만 대충 짐작이 가는
방음벽이 약한 다가구 주택
순간, 순간이 위태로운 소리의 언저리

언제 봄의 문이 활짝 열릴까
계단은 늘 깊은 생각에 잠긴다

—「소리의 언저리」 전문

개가 다시 하현달을 짖는다
깨어난 어둠들이 덩달아 달을 향해 짖는다

가이드는 운이 좋으면 분홍고래를 볼 수 있다고 했었지
바다로 돌아가지 못한 운이 나쁜 분홍고래를 두고

달빛 사이로 아마존 강이 흐르고
바다로 돌아가지 못한 분홍고래 울음이
물을 내뿜는다

한쪽 눈만 뜨고 있는 달을 향해
보였다가 사라지는 순간의 꿈
순간의 문장을 개가 짖는 밤

잃어버린 시간이 목줄에 묶인 어둠을

저렁저렁 짖는다

　　　　　　　　　　　　　　—「23분 동안」 부분

「소리의 언저리」의 화자는 우리 사회의 중심이 되지 못하고 주변에 머문 소수자에게 관심을 둔다. 세상의 끝 절벽으로 내몰려 있는 실직자는 소리도 지르지 못한다. 모든 것이 자신의 탓인 양 숨죽여 고립되어 있다. 그들은 기업 경영의 유연성이라는 이름 아래 너무 쉽게 일자리를 잃는다. 자신이 서야 할 곳을 잃은 채 "문틈 빛 한 줄기"만이 유일한 희망이다. 빛 한 줄기만큼 확보된 가시권으로 한숨처럼 담배 연기가 퍼지다가 사라진다. 화자가 스치듯 본 그의 상황은 애처롭기 그지없다. "난방이 차단된 방"에서 그는 "몇 날을 쿨럭이는 기침 소리"를 냈을 것이다. 기침 소리는 세상을 향한 소수자의 외침이다. 세상을 향한 화자의 불편한 시선은 "저 혼자 툴툴거리며 내려가는 세탁물 소리"로도 잘 나타나 있다. 세상의 시계는 이렇게 엇박자를 내며 흘러간다. 세상에서 소외되고 고립된 자들은 "서로를 모르지만 대충 짐작"을 하는 것으로 만족한다. 자신의 문제만 가지고도 힘겹기 때문이다. 그래서 그들은 "순간, 순간이" 위태롭다. 함께 더불어 사는 사회는 올까. 화자는 이러한 이타적인 사유로 "언제 봄의 문이 활짝 열릴까"라는 의미심장한 발화를 한다.

객관적으로 볼 때 「23분 동안」은 길지도 짧지도 않은 시간에 일어난 사건의 기록이다. 하지만, 시간을 주관적으로 보게 되면 개념이 달라진다. 즐거울 때의 23분은 짧은 시간이지만, 고통스러울 때의 23분은 무척 긴 시간이다. 자신이 처한 상황에 따라 시간은 탄력성을 갖고 끊임없이 변화한다. 시적 화자는 가이드의 안내를 받으며 관광 중이다. "운이 좋으면 분홍고래를 볼 수 있다"는 가이드의 말에 약간 흥분한 상태다. 여기서 가이드가 말한 것은 "바다로 돌아가지 못한 운이 나쁜 분홍고래를 두고" 한 말이다. 관광을 즐기는 사람들에게 분홍고래를 보는 것은 즐거운 시간이다. 즐겁기 때문에 시간은 순식간에 흘러간다. 하지만, 바다로 돌아가지 못한 분홍고래에게 이 순간은 무척 긴 시간이다. 누군가의 불행이 누군가에게는 행운이 될 수 있다는 사실이 경이롭다. 23분 동안 화자는 "바다로 돌아가지 못한 분홍고래 울음이/물을 내뿜는" 것을 본다. 시인은 시적 화자의 입을 빌려 "잃어버린 시간이 목줄에 묶인 어둠을/저렁저렁 짖는다"고 나직이 진술한다. 이처럼 시인은 분홍고래의 불행을 관광 상품화하는 것을 비판한다. 분홍고래를 확장한 곳에 불행한 우리의 이웃이 존재한다.

세상은 밝은 기억만 존재하지 않는다. 인류가 끊임없이 고민하고 만들어낸 현재의 사회는 유토피아가 아니다. 인류는 유토피아를 꿈꾸며 그곳으로 가고자 한다. 하지만, 사회와 제도를 만든 사람들의 이익이 반영되어 그곳으로부터 멀어졌다. 불평등 구조에서 보면 지금 이곳은 누군가에게는 유토피아임이 분명하다. 그러나 다수의 존재에게는 원하지 않았던 디스토피아이다. 그러므로 시인은 검은 세상의 기억을 노래한다.

4, 현상에서 발견한 아포리아

현상을 제대로 보면 세계가 보인다. 현상이 곧 세계인 것이다. 온전한 이성을 가지고 있는 주체에게 현상은 언제나 해결할 방법이 없는 아포리아이다. 현상의 겉모습은 알 수 있지만, 내부는 누구도 들여다본 적이 없다. 우리는 살면서 누구나 막다른 곳에 다다른 경험이 있다. 현재의 힘으로는 넘을 수 없는 곳에 이르렀을 때, 우리는 삶의 본질에 질문을 던진다. 출구가 없는 곳에서 자신의 무지를 깨닫는다. 삶은 아포리아를 만날 때마다 성찰을 거듭한다. 해결되지 않는 문제 앞에서 우리는 잠시 판단을 멈추는 시간을 갖는다. 그러자 서서히 우리 삶에 내재한 모순이 드러나기 시작한다. 서로 양립할 수 없는 가치가 모순을 만든다. 우리의 삶은 양립할 수 없는 것들로 가득하다. 양립할 수 없는 것들은 아포리아가 된다. 우리는 딜레마에 빠져 끝없는 아포리아의 늪 속으로 걸어간다.

아포리아의 끝에 또 다른 아포리아가 있다. 해결하기 힘든 삶의 순간들을 뚫고 살아온 주체가 마지막 난관을 만난다. 지금 이곳의 삶을 끝내는 주체의 죽음은 역설적이게도 삶의 완성이다. 삶의 끝에서 만난 아포리아는 해결할 수 없는 상태를 의미한다.

  아 타 버린 이승이었구나
  입 안이 숯이다

  뼈만 남은 어머니는 몸에 열이 난다며
  굴곡진 삶을 벗어던지듯
  자꾸만 옷을 벗어 버렸다

  에덴동산으로 돌아가고 싶은 거다
  훨훨 새가 되고 싶은 거다
  검은 입 속의 흰죽,

  죽을 떠 넣어 주는 오래된 사위에게
  마지막 기운을 내어 말을 남겼다

이런 모습 미안하네

검은 입 속의 흰 죽,

—「검은 입 속의 흰죽」 전문

삶이 아포리아였기에 화자는 "아 타버린 이승이었구나"라며 한탄한다. 얼마나 많은 삶의 고비마다 해결할 수 없는 난관을 만났으면 "입 안이 숯"이었겠는가. 아포리아 가득한 삶을 관통하는 진리가 입 안의 숯에 녹아들어 반짝인다. 누구나 삶에의 의지로 자신의 생을 밀어 올리지만, 그 삶의 끝은 다 타버린 황량한 육체뿐이다. 육체를 벗어난 곳에 종교적 유토피아가 존재한다. 화자는 어머니가 유토피아인 "에덴동산으로 돌아가고 싶은" 꿈을 꾼다는 것을 안다. 육체를 벗어던지고 그곳에서 새로운 삶을 시작하리라 생각한다. 시인의 시 쓰기는 이곳의 끝에서 저곳의 시작을 상상하게 한다. 검은 입속은 아포리아 가득한 이승으로 상징된다. 어머니는 흰죽 한 수저 떠 넣고 유토피아인 에덴동산으로 가는 힘을 얻는다. 누구나 겪는 보편적 삶의 끝은 특수한 종교적 상상력으로 유토피아로 가는 문을 연다. 어머니가 에덴동산으로 돌아간다는 시적 화자의 인식은 무거운 이곳의 이별을 가볍게 만든다. 화자의 어머니도 감정의 과잉 상태로 가는 것을 적절히 제어하며 "이런 모습 미안하네"라고 사위에게 말한다. 마지막 말이 형용할 수 없는 슬픔을 누른다.

시인이 현상을 지각하는 순간은 통증을 동반한다. 통증을 견
디는 한 방식으로 시인은 시를 쓴다. 현상을 지각하기는 쉽
지 않지만, 그것의 내부를 보고자 하는 열망으로 아포리아를
돌파한다. 시인은 직관으로 사물마다 시의 촉수를 댄다. 그
러므로 한연순 시인이 현상 앞에서 격렬한 통증을 느낄 때마
다 시적 진리의 꽃이 피어난다. ■

예술가시선 28

분홍 눈사람

초판 1쇄 발행   2021년 11월 15일

지은이   한연순

펴낸이   한영예
편집   박광진
로고디자인   이길한
펴낸곳   예술가
출판등록   제2014-000085호
주소   서울 송파구 문정로13길 15-17 201호
전화   010-3268-3327
전자우편   kuenstler1@naver.com
인쇄   아람문화

ISBN   979-11-87081-22-7 03810